Jack Ripperen
Erika Sanders

Første udgave: 2023

Synopsis

Tamara vidste det ikke og ville aldrig vide, hvad der skete efter det.

Det eneste, hun kunne huske, var det pludselige, blændende glimt af sølv i lyset, en brændende fornemmelse over hendes hals og hendes hoved, der blev rykket op af håret.

Og pludselig var det umuligt at trække vejret.

Hun kæmpede og prøvede at løsne hans greb, men fandt ud af, at hendes arme føltes som blyvægte, og at hendes fokus var sløret...

Bemærkning til forfatter:

Erika Sanders er en internationalt kendt forfatter, oversat til mere end tyve sprog, som underskriver sine mest erotiske skrifter, væk fra sin sædvanlige prosa, med sit pigenavn.

Indeks:

JACK RIPPEREN
ERIKA SANDERS

KAPITEL I

Tamara lå tavst under manden og lukkede øjnene mod synet af hans forvrængede og grimme ansigt, men holdt hendes ben spredt så bredt som muligt. Hun kunne ikke klage; han var jo renlig og havde taget et bad for nylig, så hans duft var ikke problemet. Det var hans maveformemmelse. Hun skulle aldrig have besluttet sig for at tage en tyk mand i seng, men 400 dollars var for meget til at lade være. 400 dollars, bareback. Hans tarm pressede sig ind i hendes underliv, og hun fandt det næsten umuligt at trække en fuld, dyb indånding. Udover det gnidede hans pubber hendes klit rå, og det var ved at blive smertefuldt.

Til sidst skyndte han sig op, humpede hende, som om hans liv afhang af det, og bankede hendes i forvejen ømme hul, indtil han var ved at komme. Han rykkede opad med hver ejakulation, hvilket fik hende til at tænke på en hval, der sprang op af vandet, og fire våde sprøjter senere rullede han af hende, begge gispede efter vejret.

Han tørrede sit ansigt og så på hende. "Du var god."

"Øh, tak." Hun satte sig op og klappede ham på midten. "Har du noget imod, hvis jeg bruger dit badeværelse?"

"Slet ikke. Bare gør det hurtigt. Min kone kommer tilbage når som helst."

Tamara stod og klemte sine ben sammen for at forhindre, at hans vandige sperm gled ud. Det lykkedes hende at holde det meste inde, indtil hun kunne sidde på toilettet og bruge sine muskler til at udtrykke det. Hun brugte et par stykker toiletpapir til at rense rodet, duppede på indersiden af sine ben og forsøgte at tørre blonderne på toppen af sine strømpebånd og strømper. Ikke dårligt, tænkte hun. Hun skyllede toilettet og gik tilbage ind på hotelværelset og spekulerede på, om hun havde noget brus på sit værelse. Måske skal du få nogle på vej hjem.

"Vil du på Essex i morgen?"

"Jeg ved det ikke. Måske." Tamara rakte hånden frem og gav ham sit sødeste smil, da han lagde fire hundrede dollarsedler på hendes håndflade. "Vil du have en anden date?"

"Ja. Find ikke for mange ludere, der gør det uden gummi."

Luder. Hun hadede ordet, men det beskrev, hvad hun var. Hun sukkede og satte det falske smil på igen. "Nå, kom og find mig, når du er klar."

Det bløde lugt fra døren, der lukkede bag hende, var trøstende, og Tamara gik så hurtigt som muligt hen til elevatoren. Hun gik forbi et ældre par, der gav hende et ondskabsfuldt blik, og hun trak ubevidst i den høje kant af sin plisserede nederdel, velvidende at det ikke ville dække babydukkestrømperne og de lyserøde strømpebånd. Elevatoren kom og bragte hende ud af deres elendighed, og inden for få minutter var hun tilbage på gaden igen og åndede den friske luft i New York City.

Tamara havde boet i NYC i næsten fire år og havde prostitueret i næsten lige så lang tid. Et tilfældigt møde i en busterminal, da hun var løbet væk, havde knyttet hende til Torrance. Han var altid på udkig efter frisk kød, og hendes seksten år gamle krop havde passet perfekt til ham. En anden pige, Julieta, havde lært hende at spille spillet, og på ingen tid overhovedet tjente Tamara penge, hvoraf de fleste blev hævdet af Torrance. Da han blev skudt ned af en sur meth-handler, henvendte hun sig til Sellers, en anden alfons, der holdt en bedre stald. Hun tjente bedre penge med ham, men han krævede, at alle sine piger skulle ride klienter bareback. Til at begynde med havde hun svigtet, givet fri oral og brugt kondomer på siden, men en af underbukserne havde klaget, og et alvorligt tæsk havde ændret hendes mening om at krydse ham igen.

Hun gik ned til Essex og besluttede at tage gyden tilbage til Sellers lejlighed. Hendes fødder dræbte hende, og hun var vred over, at Julieta havde taget hendes gamle sorte fuck-me pumps uden at spørge. Forbandet kusse! Hun skulle have en bedre lås på døren. Sælgere ville nok sørge for det for hende.

En skygge løsnede sig fra en døråbning, og hun frøs midt i trin.

"God aften." Stemmen var lav og kultiveret med en engelsk accent som David Bowie. "Er du fri i aften?"

"Jeg er ikke fri, men jeg kan købes."

Han kom ind i lyset, og hun smilede og takkede den, der var ovenpå, at han var høj, rank og smuk.

"Hvor meget?"

"Det kommer an på, hvad du vil."

"Jeg vil have dig til at sutte min pik og sluge min sperm."

"Ingen gummi?"

"Ingen gummi. Hvad koster det?"

"$300." Han gjorde tegn til hende, at hun skulle følge ham, og de gik tilbage i den samme svagt oplyste alkove, som han var kommet ud af. Han begyndte straks at lyne sine bukser op. "Pengene først, professor."

Når han gaflede over pengene, og hun havde tjekket dem og lagt dem væk i sin pung, knælede hun på den beskidte jord og ventede, mens han åbnede sine bukser. Hans pik sprang ud, tyk og hård, og hun lavede en lyd af påskønnelse, da hun rakte ud efter den.

"Dejlig pik. Sikker på, at du ikke vil kneppe?"

"Ja. Jeg er sikker."

Tamara vidste det ikke og ville aldrig vide, hvad der skete efter det. Det eneste, hun kunne huske, var det pludselige, blændende glimt af sølv i lyset, en brændende fornemmelse over hendes hals og hendes hoved, der blev rykket op af håret. Hans pik forsvandt af syne, og pludselig var det umuligt at trække vejret. Hun kæmpede og prøvede at løsne hans greb, men fandt ud af, at hendes arme føltes som blyvægte, og at hendes fokus blev sløret.

Han smilede bare og brugte hendes hår, løftede hendes hoved op, indtil hans pik børstede det brede snit, han havde lavet i hendes hals. Hendes varme, sprøjtende blod dækkede hans stang, hvilket gjorde indgangen glat og fløjlsagtig. Perfekt. Simpelthen perfekt. Han stødte igen og igen, hans krop rystede, mens hun klukkede og kæmpede, og han fyrede sin ladning af, lige som hun tog sit sidste åndedrag.

Perfekt. Han smed hende til side som det affald hun var og lynede sine bukser, mens han nød følelsen af hendes tyktflydende blod, der siver gennem hans kønsbehåring og tørrede på hans testikler. Simpelthen perfekt.

KAPITEL II

Overbetjent Clarice Burton parkerede sin umærkede bil ved kanten af det gule politibånd og trak hendes skjold ud og stak det ned i lommen på hendes jakke. Optagemedarbejderen noterede hendes officielle status og lod hende passere, mens hun så hendes runde røv rykke væk, mens hun gik hen til en knude af mørkklædte mænd, hvoraf de fleste kiggede væk, da hun nærmede sig. Det var 2004, og den tætte verden af New York Citys bedste detektiver udstødte stadig kvinder. Hun blev anset for at være et underlegent væsen, selvom hun havde den højeste løserate i bydelen.

Alligevel havde Clarice Burton ikke overlevet nær døden i hænderne på en voldelig mand for at lade et par mænd med små pikke skubbe hende rundt. Hendes partner, Tony Acosta, gav hende et respektfuldt nik, stak sine hænder ned i hans lommer og så ked af det ud.

"Hej, drenge." Mario Andreotti og John Stevens mumlede hilsener og så på, mens hun gik gennem deres kreds og satte kursen mod den arkdækkede krop. Hun trak betrækket tilbage og undersøgte den unge kvinde og bemærkede den dybe skive i hendes hals og mængden af blod, der omgav hendes livløse krop. "Så hvad har vi her?"

Mændene udvekslede blikke, og Acosta forlod cirklen, knælede på hug ved siden af hende, mens han tog sin notesbog ud. "Hendes navn er Tamara Williams, 20 år. Hun er en prostitueret, der kommer ud af Jamie Sellers hjemmeside. Hun blev fundet af Patrick Miller, skraldemanden der stod derovre."

"Nogle vidner?"

"Ingen."

"Mangler hun noget?"

"Ikke som vi kan fastslå. Hendes pung er derovre. Hun havde 700 dollars i kontanter, neglefil, telefonkort og en flaske klar neglelak."

"Ingen kondomer?"

"Nix."

"Sørg for, at du noterer dig for at fortælle retsmedicineren at tjekke for sygdomme som HIV/AIDS. Hun ser ret sund ud, men hvis hun laver tricks bareback, ved man aldrig."

"Godt. Der er noget andet, du måske vil se." Acosta trak en handske på, vendte arket tilbage igen og brugte spidsen af en gammel kuglepen til at åbne det dybe skråstreg i den døde kvindes hals. "Ser du det?"

Burton lænede sig frem og koncentrerede sig om en suppeagtig hvid blanding, der flød oven på det koagulerende blod som den hvide klump, man normalt finder i en æggehvide. "Hvad er det?"

"Det er sperm."

"Hvad? Hvordan ved du det?"

"Jeg er ikke sikker, men det er hvad jeg tror." Han flyttede kanten af pennen ned og viste Burton en skinnende hvid streg på indersiden af huden. "Jeg tror, han skar hendes hals over og kneppede såret, mens hun var døende."

"Øh!" Hun stod og bøjede sine ømme benmuskler, mens hun betragtede hans ord. "Det lyder som en super fucking pervers."

"Jeg må være enig med dig, Clarence. Nå, hvad er det næste?"

"Få hvad du kan fra skraldemanden og overvåg hende med at hente. Sig til retsmedicineren, at jeg vil vide, hvad det stof er i hendes hals med det samme, og hvis det er sæd, så få ham til at sende det til maskinskrivning. Vi kan være heldige og finde nogen i databasen."

"Okay. Hvad skal du lave?"

"Tal med Jamie Sellers. Måske kan jeg finde ud af, hvem hendes sidste klient var."

"Jeg tror ikke, det her var en klient, Clarence. Jeg tror, hvem fyren end var, han var freelance."

"Jeg må være enig, men det skader ikke at prøve."

Burton efterlod sin partner til sine afdelingsvenner og kastede sit mistænkelige øje hen over de mennesker, der var samlet for at se den døde krop. Det var velkendt, at nogle gange vendte gerningsmanden tilbage til gerningsstedet for at genopleve det eller for at svælge i politiets udugelighed. Skraldemanden så ikke ud til at være forvirret over at have opdaget et lig og kæderøg glad og talte i mobiltelefon. Den eneste person, der fangede hendes blik, var en præst, der stod i udkanten af mængden, og hans læber bevægede sig, mens han bad en stille bøn over kroppen.

"Glad for, at nogen giver hende en velsignelse." Hun mumlede for sig selv, da hun gik tilbage til sin bil. "Vi har alle brug for en."

Næste stop: Centralen.

***

Han fik en øl fra køleskabet og satte sig i sin yndlingsstol og lænede hvilestolen tilbage, mens han satte fjernbetjeningen i brug. Fjernsynet slog op, og en reklame for en møbelbutik sluttede at spille lige før aftennyhederne begyndte.

"Vores tophistorie, en kvinde blev fundet næsten halshugget i en gyde på Lower East Side." sagde ankerdamen. "Lad os gå live med vores reporter på stedet." På dette tidspunkt lænede han sig frem, hans interesse vakt. Da reporteren beskrev forbrydelsen, undersøgte han ansigterne på personerne på stedet. Han elskede de frygtsomme og til tider tomme udtryk i tilskuernes ansigter. Hans pik stivnede i bukserne, og han knappede sine pyjamasbukser op og gav den et langt, hårdt slag.

"Detteektiven i denne sag, detektiv Clarice Burton, havde dette at sige om mordet." Han undersøgte den livlige politibetjent, og hans pik blev endnu hårdere. Hvor var hun dejlig! Alt det rød-guld hår, blå øjne, store bryster ... gud, hvor ville han elske at skubbe sin pik op mellem de skønheder og spyde sin byrde ud på hendes hage. Han gav sig selv endnu et hårdt slag og anstrengte sig med indsatsen. Hun fortsatte med at tale om nogle af forbrydelsens detaljer, og hans opmærksomhed blev henledt til hendes mund, bred og lækker, spidset af den lyserøde, som unge piger foretrak. Den var mere end i stand til at sutte hans pik. Han stønnede og gned hårdere nu og brugte videooptagerens magi til at gense interviewet, så han kunne se hendes mund bevæge sig igen og igen.

En snurren i bunden af hans rygsøjle signalerede, at han blev løsladt, og han kom, hans sæd stødte op i luften, sprøjt efter spurt landede på stolens børstede fløjl og den solbrune bunke af tæppet nedenunder. Han gispede efter vejret og aktiverede fjernbetjeningen igen og lå slap og kom sig, mens han så resten af interviewet. Han var overrasket over at se præsten interviewet næste gang, lytte til hans velvillige ord tale om livets kostbarhed og hans løfte om at bede bønner for den unge kvinde.

Fuck gud! Han rystede, gemte sig selv og susede sin øl. Den luder fortjente ikke at leve, fortjente ikke at trække vejret. Hvis præsten ville have ludere at bede for, ville han få sit ønske. Han ville helt sikkert få sit ønske.

KAPITEL III

Tale med Jamie Sellers havde været værdiløs. Burton vidste allerede, at hun nok ikke ville få noget fra ham, men hun var vred over, at alfonsen ikke ville opgive Tamaras sidste klient til afhøring. Han viste ingen reel bekymring for velfærden for de andre kvinder, der arbejdede for ham, ville bare vide, hvor hun blev dræbt, så han kunne holde resten af pigerne ude af området af frygt for anholdelse.

For ham var Tamara en tavle, der var blevet tørret af, og bad kun om, at han fik pengene i hendes pung. Selvfølgelig havde Burton afslået og sagde, at pengene ville blive frigivet til hendes familie, hvis det var muligt, og hvis der ikke var nogen familie at finde, ville Police Officer Benevolent Association modtage dem. Selvfølgelig var Sellers ikke glade. Han smækkede døren efter Burton, mens han mumlede nedslået om 'de forbandede grise, der ikke har brug for flere donutpenge'.

Da det var ved at være sent, besluttede hun at tage sagen og tage hjem, sparke skoene af og gå nedenunder til sit kontor. En stor korktavle optog det meste af pladsen i det lille værelse, og hun tændte lysene og stirrede på tavlens indhold. Øjebliksbilleder, 8 X 10'er og andre godbidder spredte sig næsten hver tomme af overfladen, alle visuelle repræsentationer af unge kvinder, der var blevet brutalt myrdet i hendes distrikt, siden hun blev politibetjent. Burton åbnede manila-mappen i sin hånd og tog billedet af Tamara frem og satte det op i et tomt rum.

Hendes øjne blev tiltrukket af en 4 X 8 af en smuk lille pige med lyst hår og blinkende blå øjne. En sådan engleskønhed var blevet slået ned af den samme slags hånd, som havde dræbt pigen i dag: en vred mand, der så på hende som et seksuelt redskab og ikke et menneske. Tim havde røget en cigaret og set fjernsynet, da Clarice havde fundet Angies lig i hendes lille seng. Hun ville aldrig glemme synet af blodet, der strøg på indersiden af hendes ben, og den rene uskyld i hendes blinde øjne.

Tim Burton sad i fængsel nu og afsonede to på hinanden følgende tyve års domme for Angies misbrug og efterfølgende død, mens Clarice afsonede en livstidsdom i sit skyldfængsel, hendes mors hjerte fyldt med skyldfølelsen for svigt. Hun slugte mod klumpen i halsen og løftede en rystende hånd for at røre ved de flossede kanter af billedet. Hun ville aldrig røre ved den farvede del af billedet; dette lille foto og en bamse var alt, hvad der var tilbage af hendes datter.

Burton vred sin hånd væk og vendte øjnene op mod Tamara. Hun var nogens datter. Et eller andet sted havde hun haft en blød, tryg seng at sove i. Et eller andet sted havde hun fejret jul og påske med folk, der passede hende. Hun havde ikke det hårde blik som en prostitueret, der aldrig havde set omsorg og bekymring. Et eller andet sted, engang, havde hun oplevet kærlighed.

"Hvorfor ikke nu? Hvem var det, du mødte og ikke viste dig kærlighed? Hvem var det, der lod dig dø i dit eget blod? Fortæl mig, Tamara. Fortæl mig, hvem han var."

***

"Jeg vil ikke gå, sælgere, og du kan ikke få mig!" Julieta skreg og vendte sig om for at gå væk. Hun var udmattet af at udføre arbejde hele dagen, hendes fødder gjorde ondt, og hun havde ikke lyst til at udføre dette sidste øjebliks job, der ventede på hjørnet på hende. Billedet af Tamaras død matte øjne og hendes snoede krop var for frisk i hendes sind.

Sellers skruestik-lignende greb om hendes bicep afskar blodet fra hendes arm, og han hvæsede, mens hans justerede tænder skinnede i lyset. "Jeg kan få dig til at gøre alt, hvad jeg vil." Han overfyldte hende og trådte så tæt på, at hun rystede, på trods af den bravader, hun forsøgte at fremføre. "Behøver du at blive mindet?"

"Ingen." Julieta hadede sig selv, da hun spyttede ordet hurtigt ud og fortalte ham, at hans intimidering virkede. "Men jeg vil have, at du går med mig."

"Jeg vil ikke se dig og en hvid dreng kneppe! Kom nu i gang." Han gav hende et lille skub mod den ventende mand. "Og få pengene først!"

Julieta rystede sit bølgede hår ud, rettede sin kjole og gik hen til manden og prøvede at se sexet ud, mens hun ikke tænkte på, hvor meget hendes fødder gjorde ondt. "Hej."

"Hej." Hans stemme var blød, næsten ånde, og han så genert væk. "Du er meget smuk."

"Tak. Kan du lide latinske kvinder?"

"Elsker dem." Igen luftigt, men med et strejf af... en accent?

"Så du vil have en date?"

"Ja. Jeg vil kneppe dine bryster."

"Som disse, hva?" Julieta kiggede rundt for at sikre sig, at ingen andre så på og gav et af hendes bryster et sanseligt klem. "De er rigtige. Vil du røre en?"

Han rakte foreløbigt ud og satte en klode i en skål, løftede dens søde vægt og klemte den derefter. "Åh, shit."

"Dobbelt Ds." Julieta forsynede stolt. "300 $ og de er dine."

"Sluger du?"

"Tilføj yderligere 200 $, og jeg drikker hver lille smule, du skal give."

"Færdig."

Fnisende førte hun ham hen til et sted bag skraldespanden og rakte hånden frem og smilede, da han lagde fem hundrede dollarsedler i hendes hånd. "Tak skal du have." Med den lille sag af vejen trak hun sin top ned og lod ham gnide sit ansigt mod dem, før hun faldt på knæ og ventede åndeløst på at se hans pik. Han lukkede sine bukser op og trak sin pik ud og slog den mod hendes kinder, før han lod den glide mellem hendes bryster. Julieta holdt sine bryster sammen, bøjede hovedet ned og sugede hovedet ind i munden ved hvert stød.

Han stønnede, tog fat i hendes skuldre for at holde sig fast og pumpede hurtigere. Det skulle snart ske, han mærkede det. Den velkendte prikken. Han hvæsede, da hans pik brød ud, skubbede den ind i hendes mund og skubbede den så langt ind i hendes mund, som han kunne. Hun blev først kvalt, så slugte hun og greb om hans hofter for at undgå at kneble en anden gang. Da han endelig holdt op med at komme, trak hun hans pik ud af munden og trak sin skjorte tilbage på plads.

"Vi ses senere."

Julieta så ikke hans armsløjfe om hendes hals, men hun hørte knasen i hendes luftrør, da det gav efter for styrken af hans muskler og knogler. Og ret hurtigt hørte hun ikke andet.

KAPITEL IV

Jim Blanch kom fra skole på samme tid, som han altid gjorde. Hans mor bemærkede det, da hun råbte velkommen til ham og lyttede til hans tunge fodfald, mens han jog op ad trappen. Hun smilede. Jim var sådan en god dreng; en gave fra gud efter den omstridte skilsmisse, hun havde måttet udstå. Han ville tage eksamen i år, var en straight A-studerende og elskede at spille basketball med sine venner. Det bedste af det hele var, at han ryddede op på sit værelse uden at spørge og hjalp hende, når hun havde brug for det.

Faktisk var hun nødt til at bede ham om at gøre en tjeneste. Deres nabo, Mr. Greenwell, havde brug for en kuffert bragt ned fra sit loft, og Lorna havde meldt Jim til jobbet. Hun tørrede sine hænder på sit forklæde, vendte sin kyllingrigatoni ned og gik til bunden af trappen.

"Jim! Kan du komme herned, tak?"

Lorna ventede, men hun modtog ikke det normale svar fra ham. Måske havde han sin dør lukket eller lyttede til musik. Siden hun havde købt den MP3-afspiller til ham, var hun nogle gange nødt til at gå hele vejen op ad trappen til hans værelse for at få hans opmærksomhed. Hun sukkede og steg op ad trappen. Hun var nødt til at gøre det igen, og hendes knyst klagede.

"For fanden! Jim!"

Hun klatrede op ad trappen, favoriserede den skadede fod og hvilede sig på reposen, mens hun krøb af smerten. Hun hørte musik. Hun kendte bandet godt; på det seneste havde han været besat af Franz Ferdinand og spillede deres nye album igen og igen. Under trommeslag og guitarskrig hørte hun noget andet. Noget uden en rytme; noget der ikke passede til musikken. Det lød som ... knirkende sengefjedre.

"Jim?" Hun ringede ikke så højt nu. Jim var atten og godt på vej til at blive en mand, og hun vidste, at han af og til onanerede under bruseren.

Hun ønskede ikke at forstyrre ham, hvis det var tilfældet, men hendes særlige mors sans fortalte hende, at der var noget galt. "Jim, jeg har brug for, at du gør mig en tjeneste."

Hun trådte tættere og tættere på, musikken voksede i volumen, og lydene steg i hurtighed og tonehøjde. Hendes rystende hånd nåede dørhåndtaget og hun tog fat i det og gav det en let omgang. "Jim?"

Det syn, der mødte hendes øjne, var et, som Lorna Blanch aldrig ville glemme. Hendes søns værelse var i sin sædvanlige tilstand af uorden. Plakater af Jennifer Garner og Jessica Alba blev tapet på væggene sammen med halvnøgne anime-kvinder. Og hendes søn lå nøgen på sengen. Hans stærke ben skrævede over noget, hans hofter bøjede og hans rygmuskler bølgede. Lorna tog et lille skridt til siden, hendes øjne blev store. Under hendes søns krop var et par perfekte bryster, og han holdt dem sammen, mens han stødte sin pik mellem dem.

Lorna Blanch skreg.

***

"Er du seriøs?"

Burton og Acosta skubbede stationens døre op, gik udenfor og hoppede ned af trapperne, mens de var på vej mod hendes bil.

"Det ville jeg ønske, jeg var. Hun ringede for fem minutter siden og sagde, at hendes søn kneppede et par bryster og skulle komme og hente dem."

"Er vi sikre på, at de tilhører Julieta Friars?"

"Nej, men jeg kan ikke rigtig komme i tanke om nogen andre, der mangler et par bryster, vel?"

Der var ingen yderligere samtale, før de ankom til brunstenen, summede for at komme ind. Lorna Blanch var midt imellem vrede og afsky, og hendes søn var tydeligvis hovedparten af begge dele.

"Mrs. Blanch? Jeg er kriminalbetjent Burton. Det her er kriminalassistent Acosta."

Kvinden gav dem hurtigt hånden, og hendes vrede blik vendte tilbage til den unge mand, der prøvede at gøre sig mindre i stolen. "Jeg lærte ham bedre end det. Han vidste bedre end at bringe den beskidte ting ind i huset."

Acosta vovede et spørgsmål, forsigtig med at vække hendes vrede yderligere. "Fru Blanch, er du sikker på, at de er ... rigtige?"

"Åh, de er rigtige, okay." Hun knipsede vredt og vendte sig så for at gø ad sin søn. "Gå vis dem, Jim."

Den unge mand talte ikke. Han førte dem op ad trappen til sit soveværelse og pegede på sin seng. Et perfekt sæt bryster hvilede nær hans pude, pænt udskåret og trimmet til bærbarhed, den ene brystvorte gennemboret med en stang, der havde en dinglende bi. Burton trak et sæt handsker op af lommen og undersøgte omhyggeligt kødet.

"De er hendes."

"Hvordan kan du vide det?"

Burton løftede det venstre bryst og viste ham de tatoverede bogstaver. Lille B.

"Det var hendes gadenavn." Hun tog handskerne af med et snuptag og vendte sig mod den unge mand. "Hvor fandt du dem?"

"I skraldespanden." Han stammede. "På vej hjem fra skole."

Burton holdt op med at tænke og trak Acosta til sig. "Vi må hellere arbejde hurtigt. Jeg er bange for, hvad han vil gøre næste gang."

KAPITEL V

Burton og Acosta gennemsøgte skraldespanden, hvor Jim Blanch havde sagt, at han fandt brysterne, men var ikke i stand til at finde andre beviser. Brysterne tilhørte Julieta; de passede perfekt på plads, da retsmedicineren satte dem ind i det pænt udskårne hul i hendes torso. Acosta fik næsten opfundet sin kalvekødsscaloppini på vej ud af døren. Dr. Arbitag lo så meget, at kloden af Vicks under hans næse truede med at kaste sig ud over rummet.

"Den burde være med til OL. Sandsynligvis barberet et par sekunder ud af Usain Bolts tid."

"Arby, du er en rigtig bastard, ved du det?" Clarice lo og hjalp ham med at lægge kropsdelen tilbage i dens separate taske.

"Ja, men du elsker mig." Han lukkede posen og satte den på en vogn. "Nå, Clarice, jeg ved ikke, hvad jeg kan fortælle dig, men vi har ikke været i stand til at finde noget brugbart bevis for dig."

"Hvad med sæden?"

"Vi skrev det, men vi fik ingen hits i databasen."

Burton trak sine handsker af med et snuptag og trådte på håndtaget for at åbne skraldespanden for medicinsk affald. "Vi satsede ikke rigtig på det på nogen måde. Du ved, at de normalt er et langt skud."

"Ja, nogle gange." Arby vaskede sine hænder og vendte sig tilbage til detektiven. "Men man ved aldrig, før man prøver."

"Arby, du har set mange sager. Jeg ved, du ikke er Michael Baden, men jeg har brug for din ekspertise." Hun holdt en pause og organiserede sine tanker. "Han kommer til at slå ihjel igen, og det bliver snart. Julieta var i går. Tamara var to dage tidligere. Efter midnat vil vi have endnu en død kvinde på hænderne, og borgmesteren kommer til at lorte."

"Du vil ikke kunne lide det."

Burton lo hurtigt ædru. "Kan du give mig noget at gå på? Noget fra din mave?"

Arbitag tørrede sine hænder og begyndte at skylle stykker kød og størknet blod ned i afløbet på et nærliggende bord. Han kiggede op på hende et øjeblik, og slap så slangeventilen, hvilket afsluttede vandstrømmen. "Han er sindssyg. Han er ikke bare en, der er intelligent, men han er også psykisk syg. Hans valg om at bruge prostituerede som mål er ikke en original idé, men hans specifikke valg af prostituerede, der ikke bruger kondom er."

"Ingen kondomer?"

"Den vaginale eller anale kanal hos en kvinde, der konsekvent bruger kondom, er meget forskellig fra en kvinde, der ikke gør det. Muskelstriberne er meget glattere, og begge kvinders vaginale muskler viste, at ingen af dem for nylig havde praktiseret sikker sex."

"Så de var bareback-specialister."

Arbitag nikkede, aktiverede vandet igen og skyllede detritus ned i afløbet. "Julieta havde HIV."

"Og Tamara?"

"Klamydia."

"Kan det overføres?"

"Ja."

"Kan det behandles?"

"Klamydia kan behandles, ja, men ... ja, du kender til hiv."

"Ja." Clarice kiggede ind i den tykke plastikpose, Julietas smukke træk forvrænget af det tykke materiale. "Så begge kvinder var plettet, men han var ligeglad."

"Nej. Vi fandt sæd i den første piges hals, og jeg fandt noget i Julietas mund, da jeg vaskede det. Typerne var de samme."

"Men hvorfor skulle han tage sig tid til at klippe brysterne fra kvinden og derefter droppe dem? Jeg mener, det er tydeligt ved snittet, at han tog sig tid til at gøre et godt stykke arbejde ..."

"Måske blev han forhastet. Måske efterlod han dem der for dig og Acosta, og den knægt er lige stødt på dem. Hvem ved? På dette tidspunkt er det ikke meningen, at han forlod dem." .

"Og pointen er?"

"Hvorfor var det nødvendigt for ham at skære kvinderne i skiver? Han kunne have haft sin vilje med dem uden at skade dem, men han følte, at han var nødt til at lemlæste dem. Hvorfor var det? Hvorfor halsen og hvorfor brysterne? Hvorfor valgte han kvinder hvem brugte ikke gummi?"

"Han lavede en erklæring." sagde Burton sagte. "En udtalelse om prostituerede, der ikke bruger kondom. Prostituerede af lav kvalitet, inficerede og som spreder deres sygdom til klienten. Det er ligesom Jack the Ripper..."

Ordet, som Arbitag hviskede, var endnu blødere. "Bingo." Straks begyndte Burtons hjerne at arbejde og vendte spader med jord i haven til hendes frugtbare hjerne på jagt efter information. Retslægen tjekkede en steril bakke med instrumenter og sikrede sig, at de var klargjort til næste indgang. "Og hvilken slags person vil gerne målrette mod kvinder på den måde?"

Igen tænkte detektiven over spørgsmålet og tænkte på mulige svar. New York City var et sted tæt befolket med alle slags mennesker, der ville have HIV Jesabel udslettet fra planetens ansigt. Arbitag bevægede sig bag hende og satte et og derefter et andet billede foran hende. Det første billede var en menneskemængde skudt på Tamaras gerningssted. Crowd shots var standard og var påkrævet af hvert gerningssted, der arbejdede i byen. Ved at vide, at de fleste mordere var psykologiske væsener, var der altid en chance for, at personen ville dukke op igen til scenen for at nyde opmærksomheden, mens han hemmeligt skjulte sin identitet.

Clarices skarpe øjne scannede det andet billede, et menneskemængde, der blev skudt fra Julietas gerningssted, og det lykkedes ikke at finde en forbindelse. Arbitag fornemmede hendes frustration og plukkede en sort Sharpie fra sin jakkelomme, lavede to cirkler på fotopapiret og smilede, da detektiven lænede sig tættere på.

"Præsten."

KAPITEL VI

Kvinden var smuk. Hendes hår var en velsmagende nuance af jordbærblond, smagfuldt stylet i en hætte af krøller omkring hendes ansigt. Hendes indbydende mund var omkranset af rødt, og hendes blege bryster bulede ud fra lige under kanterne af blondebamsen og drillede ham med deres fyldige, fregnede toppe. Han havde ondt af at gnide sin finger langs de sneklædte tinder, men han kendte hende ikke godt nok endnu.

"Vil du have en drink?"

Hun nikkede negativt og rykkede tættere på ham på sofaen og vendte sit smukke ansigt mod hans. Han tog antydningen og lænede sig ned, tog hendes mund i et blidt kys og stødte sin tunge ind i hendes mund. Hun var så underdanig, og han elskede det. Han ville være manden, vise hende, at han kunne tage sig af hende, og han ville have, at hun skulle vide det. Han kyssede hende stadig, rakte ud og lod sin hånd komme om et af hendes bryster, mens han gned hendes brystvorte mellem sine fingre.

"Det kan du godt lide, ikke?"

Han smuttede remmen af hendes slip ned over hendes skulder og lod sine fingre glatte hendes bløde hud. Hendes bryst sprang ud, brystvorten blød og lyserød, og han tog tungen på det og tog sig tid til at mærke de forskellige teksturer. Han brugte tid på at bevæge sig frem og tilbage mellem de to, men hans behov var for stort, og han kunne ikke kæmpe imod det længere. Mens hans læber lærte dalen mellem hendes bryster, krøb hans hånd ned og forbandt sig med hans stenhårde pik og gav den et klem, før den åbnede og slap den.

"Giv det lidt, vil du?"

Hendes læber åbnede sig, og han skubbede hendes hoved ned og stønnede dybt, mens hun tog hele hans 6-tommer længde ind i munden og lod det ramme bagsiden af hans hals. Hun var så god. Han kunne aldrig få nok af den bløde, våde varme fra hendes mund og hendes fleksible tunge. Hun gned den mod undersiden af hans pik, sigtede mod det lille bundt af nerver lige syd for højdedraget og fik ham til at ryste.

"Ja, skat. Bare sådan. Tag det. Tag det hele."

Han ville kneppe hende, men da hun begyndte at sutte hans pik, vidste han, at han ikke ville holde. Hendes lille hals dannede et vakuum omkring hans stang, og på én gang klemte hun og suttede ham på samme tid. Han lænede sig tilbage i stolen og holdt sin hånd på bagsiden af hendes hoved, mens hans hofter stødte opad og tvang hans pik længere ned i spiserøret.

"Åh, ja. Åh, for fanden, skat, jeg har tænkt mig at komme!"

Hans sprøjt af sperm blev ledsaget af hans kvalt råb og hans krop rykkede for hver frigivelse, hans ben var stive og lige ud. Hun var så god. Hun malkede hver sidste dråbe ud af ham og efterlod ham svag og mæt med et smil på læben. Banken på saledøren tørrede øjeblikkeligt det smil væk, og han sprang op.

"Parad Perkins?"

"Jeg kommer lige ud."

Burton tog plads på en af stolene og kiggede over på Acosta. "Hvad fanden laver han derinde?"

"Jeg ved det ikke. Giver du en privat velsignelse?"

Detektiven klukkede mørkt og kastede sit blik rundt i den lille kirke. Hun havde ikke været i en kirke, siden Angie døde. Hun regnede med, at der ikke var nogen Gud, hvis han lod hende dø sådan. Sakristidøren åbnede sig, og pastor Henry Perkins gik fremad, hans uniform plettet. Han rakte en hånd ud til Acosta og vendte sig så mod hende, da hun rejste sig.

"Undskyld at du skal vente. Jeg lavede noget computerarbejde."

"En computer i en kirke. Verden bevæger sig fremad."

"Altid, detektiv Burton. Sjælens behov er ikke begrænset af teknologi." Perkins grinede, som om han lavede en privat joke. "Hvordan kan jeg hjælpe dig?"

"Jeg ville stille dig et par spørgsmål. Har du noget imod det?"

"Slet ikke."

"Godt." Burton så præsten nervøst vende sig væk fra hende og se sin partner gå rundt om alteret og undersøge hans tros hellige artikler med en uddannet politibetjents tekniske øje. "Jeg lagde mærke til, at du var på Williams-scenen. Jeg tror, at du bad en bøn over hende."

"Øh, ja." Perkins svarede hende og vendte derefter sin opmærksomhed tilbage mod Acosta. Hvad er du nervøs for, pastor? "Jeg gav hende sidste ritualer."

"Hvordan vidste du, at hun var katolik?"

"Det gjorde jeg ikke. Jeg giver Last Rites til alle, der har brug for det, uanset tro."

"Eller mangel på det?"

Pastor Perkins rystede på hovedet. "Vi får alle syndsforladelse, hvis vi beder om tilgivelse for vores synder. Hvorfor skulle en prostitueret være anderledes?"

"Det er meget elskværdigt af dig, pastor Perkins. Er det derfor, du kom til Friars-scenen?"

Hun fangede den mindste antydning af overraskelse i ansigtet på ham, før han fattede sig. "Brødrescenen?"

Burton trak billedet fra mappen, hun havde med sig, og viste det til manden, mens han nøje observerede hans reaktion. "Åh, ja. Jeg var på vej til et bedemøde og så det tilfældigvis. Jeg gav hende også Last Rites."

"Jeg ser." Hun erstattede billedet. "Havde du set en af pigerne før deres død?"

"N-Nej."

En stamme. Hvad er du så nervøs for? "Er du sikker?"

"Ja, det er jeg sikker på. Jeg ville vide det." Perkins så sig omkring igen og lagde mærke til, at Acosta var forsvundet. "Hvor er hr. Acosta?"

"Åh, han er nok rundt et sted, højst sandsynligt udenfor og ryger."

"Undskyld mig."

"Perkins, jeg er ikke færdig..."

Den gode pastor satte kursen mod salen på et dødt løb med kriminalbetjent Burton lige bag sig. Acosta var inde i det lille rum og undersøgte indrammede certifikater, der var spredt over panelerne. Han så forvirret op, da Perkins styrtede ind.

"Ja Hr?"

Perkins' øjne flikkede mod skabet i hjørnet og bemærkede, at dørene var lukket forsvarligt. "Øh, det er mit private kontor, detektiv. Jeg ville sætte pris på, hvis du ville komme udenfor."

Acostas øjne forbandt sig med Burtons, og han trak på skuldrene. "Intet problem."

Perkins lukkede døren bag sig og vendte sig mod de to detektiver. "Hør, hvis der ikke er flere spørgsmål, må jeg forberede mig til morgendagens gudstjeneste."

Kriminalbetjent Burton gav ham hånden. "Tak, pastor Perkins. Vi kontakter dig, hvis vi har flere spørgsmål."

De to detektiver forlod hurtigt kirken på vej mod den uPatricked Chevrolet parkeret ved kantstenen. "Vores pastor Perkins er en interessant mand."

"Hvad får dig til at sige det?"

"Han har en ven i kabinettet. En realistisk gummidukke."

"En dukke?"

"Ikke hvilken som helst dukke. En sexdukke." Acosta fiskede en plasticpose op af lommen. "Med en mundfuld sperm kan jeg tilføje."

"Den pastor kneppede en dukke, da vi bankede på."

"Sådan ser det ud." Acosta smilede. "Hvad siger du, vi gør et hurtigt stop på ME's kontor?"

KAPITEL VII

Natten spredte sig jævnt over byen som en mørk klat af sod, sortede horisonten og blokerede de stjerner, hun vidste var der. Inden de blev gift, havde Harry altid kommenteret hendes øjne og sagt, at han kunne se himlen i dem. I aften var hun kommet tidligt hjem og fandt ham på udkig efter himlen i kroppen af en blondine med falske bryster. Efter elleve års ægteskab havde hun aldrig forventet dette. Hun troede på lykkeligt til deres dages ende, på Prince Charming og hans dejlige prinsesse, og med et pikslag havde hendes mand knust disse drømme.

Og så befandt Carla Parker sig selv i deres lokalsamfunds lokale vandhul, omgivet af beundrere, der købte hendes drink efter drink, skud efter skud, og tog vejen forbi hendes grænse. Hun vidste ikke, hvornår hun krydsede den grænse; hun vidste kun, at hun var holdt op med at bekymre sig om sin utro mand. Han sad som en fremmed genstand fast i slidbanen på hendes sko, og hun rykkede ham ubesværet ud og smed ham til side.

"Undskyld mig." Det var hans stemme, der skar gennem den alkoholiske dis: høflig og gentleman. "Må jeg købe kaffe til dig?"

En farvetone og et gråd opstod fra hans pludselige indtræden i scenen. "Hej Hvem er du?" "Vi så hende først." "Få for fanden ud, din skide engelske bastard!"

Hun ignorerede dem og vendte sig mod manden og gav ham et fuld smil. "Ja tak." Han tog hendes hånd og hjalp hende ned fra barstolen, og fangede hende yndefuldt, da hendes hæl greb ind i trinet og kastede hende fremad. De andre lo af hendes fuldskab, men det gjorde han ikke. Han stillede hende på fødderne og hjalp hende op på en stol, og skænkede derefter fløde- og sukkerkaffe til hende, indtil hun kunne hæve koppen til læberne.

"Bedre?"

"Ja, meget. Tak." Kaffen tørrede noget af det uklare væk, og hun smilede til den smukke fremmede. "Tak, fordi du reddede mig."

"Ingen behov for tak." Hans smil var varmt og let. "Hør, min lejlighed er ikke langt herfra. Hvorfor tager vi ikke dertil? Jeg kan lave noget mere kaffe til dig."

"Det lyder godt. Lad mig bruge badeværelset først."

Mens hun var væk, tog han kaffen op og ventede tålmodigt på, at hun skulle komme frem, og bemærkede, at andre mænd fulgte skarpt med. Hun kom ud, tørrede sine hænder på en firkant af køkkenrulle og blev angrebet af manden, der havde kaldt ham en 'engelsk bastard'. Han vidste ikke, hvad der kom over ham, men i løbet af få sekunder var han en snerrende skygge af sit tidligere jeg, der kastede ud mod manden og greb ham ned på gulvet. De andre mænd, der havde snakket med hende, sluttede sig til kampen, og inden længe ringede bartenderen febrilsk til politiet, mens stole og flasker fløj og blod blev spildt.

Det var næsten femogtredive minutter senere, da Burton modtog opkaldet fra Stevens. "Det er et slagsmål i en bar, der hedder Sin City."

"Jeg har hørt om det før. Hvorfor ringer du til mig om et slagsmål?"

"Du må gerne tale med offeret, Carla Parker. Hun siger, at hun var ved at tage af sted med en mand, da slagsmålet brød ud. En englænder."

"Jeg er på vej."

Da hun ankom, sagde bartenderen godnat til den sidste af gæsterne og var ikke glad for at se hende. Kvinden sad i en bås med en drink i sin rystende hånd og håret i en pjusket sky om hovedet.

Stevens ventede på hende og kiggede på den nedskårne forside af hendes bluse. "Hendes navn er Carla Parker. Hun fandt sin mand i seng med en anden kvinde og besluttede at drukne sin vrede. Det ser ud til, at hun kom lidt for dybt ned i kopperne og tiltrak sig opmærksomhed fra flere mænd, der så hende som en 'mulighed'."

"Dum kusse." mumlede Burton. "Hvorfor smed hun ham ikke bare ud?"

"Ved ikke." Han stoppede ved siden af standen. "Mrs. Parker, det er detektiv Burton."

Parker kiggede op, hendes øjne indsunkne og røde. Hun begyndte at tale, men hendes ansigt smuldrede, og hun slugte noget af alkoholen mod løftet om nye tårer. Stevens bakkede tilbage, og Burton satte sig ned, rakte ud og klappede kvindens hånd.

"Fortæl mig om ham, Mrs. Parker."

"Han så ud til at være flink, en gentleman."

"Hvordan vidste du, at han var en gentleman?"

"Han havde en engelsk accent."

Burton kiggede over til Stevens og gav kvinden et opmuntrende smil. "Det er få og langt imellem. Mine herrer, jeg mener." Parker nikkede og tog endnu en drink. "Hvad fik dig ellers til at tro, at han var en gentleman?"

"Han tilbød mig kaffe, da resten af de tøser ville have mig til at drikke mere. Han ville ikke udnytte mig som resten af dem."

"Det var pænt af ham. Så pænt af en fremmed mand at komme dig til undsætning, synes du ikke?" Detektivens ord fik Parker til at føle sig utilpas, men hun sagde ingenting. "Du sagde, at du ville tage afsted med ham?"

"Ja, han inviterede mig til sin lejlighed. Vi skulle have kaffe."

"Jeg ser." Burton gloede på kvinden. "Kan du give mig en beskrivelse af ham?"

"Høj, mørkhåret, skæg, brune øjne."

"Kunne du identificere ham, hvis du så ham igen?"

"Ja." Parker kiggede rundt på de andre betjente, hendes nysgerrighed pirrede pludselig. "Hvorfor er du så interesseret i en mand, der startede et slagsmål?"

"Fordi, fru Parker, du er heldig at være i live. Din engelske herre myrdede to kvinder, som vi kender til, og du kunne have været nummer tre."

KAPITEL VIII

Fury styrede hans årer. Han kunne ikke tænke på smerten, der stak gennem kraniet og vreden, der kogte hans blod. Han havde hende. Hun spiste ud af hans hænder, og snart ville hun have blødt på kanten af hans kniv. Forbandet kusse! Han duppede i panden, da han gik tilbage til forsiden af baren, ude af stand til at undgå at vende tilbage til stedet. Og der sad hun, den kussedetektiv fra fjernsynet, overfor kvinden. Han kunne stadig have hende. For nu at finde en måde at gøre det på...

Burtons mobiltelefon ringede, og hun slog den i funktion og forlod standen. "Burton."

"Hej, det er Acosta."

"Hvor har du været? Jeg har prøvet at ringe til dig fem gange!"

"Jeg har været hernede på laboratoriet. Du bad mig vente på resultaterne, husker du?"

"Ja, men du kan ikke tage din telefon?"

"Jeg har fået en teknisk forklaring på DNA i de sidste to timer, Clarence. Min hjerne er overbelastet."

Burton lo. "Så hvilke nyheder har du til mig?"

"Det er en tilfældighed."

"Laver du sjov?"

"Nej. Præstens sæd er en tilfældighed. Jeg er på vej til dommerens hus for at få arrestordren i orden."

Burton fordøjede informationen, mens han vendte sig om for at stirre på Carla Parker. Der var noget galt, men hun vidste ikke, hvad det var.

"Vil du møde mig hos dommer Anderson?"

"Nej, det er ikke nødvendigt. Jeg kan tage mig af tingene i denne ende. Jeg ringer til dig, når jeg får tingene på plads, og vi mødes for at tage ham ind."

"Okay. Godt arbejde, Acosta."

"Tak, Clarence. Vi ses senere."

Hun lukkede sin telefon og så tilbage på kvinden. Hvad var det? Hvad var det, der generede hende? Burton trak på skuldrene og gik hen til hvor Stevens stod.

"Vi har fyren."

"Hvad, fyren fra i aften?"

"Nej. Morderen. Jeg fortæller dig om det senere. Lige nu skal vi have fru Parker hjem og komme ud herfra."

"Okay."

Parker så op, da hun kom over. "Fang du ham?"

"Nej, men vi fangede morderen, så du er fri til at gå."

"Tror du ikke, han er morderen?"

"Nej. Vi har uigendrivelige beviser, der beviser, at han ikke er det, så du er sikker."

Carlas øjne var fyldt med tårer. "Gudskelov."

"Detektiv Stevens vil sørge for, at du kommer sikkert hjem."

"Det er ikke nødvendigt. Jeg tager ikke hjem. Jeg skal bare til et hotel nede ad vejen."

"Alligevel kan detektiven give dig en tur til hotellet."

Parker rejste sig, spiste sin drink og samlede sin pung. "Tak ligeså meget, men jeg vil gå. Jeg har brug for lidt frisk luft, hvis du ved, hvad jeg mener."

"Mrs. Parker, jeg behøver ikke fortælle dig, at det er farligt at gå på denne tid af natten."

"Jeg vil være forsigtig." Hun snublede hen til døren og rettede sig op, da hun tog fat i dørhåndtaget. "Tak for din hjælp."

Detektiverne så hende gå, begge rystede på hovedet over hendes dumhed. Stevens klappede Burton på ryggen. "Det er ikke din skyld, Clarence. Hun er en voksen kvinde."

"Kunne vi ikke arrestere hende for fuld og uorden?"

"Ikke rigtig. Det ville enten blive smidt ud på grund af en teknikalitet, eller også ville vi blive sagsøgt." Han grinede. "Eller kender vores held, begge dele."

Hun lo og nikkede. "Du har ret. Nå, lad os komme i gang, så skal jeg fortælle dig om præsten på vejen."

***

Carla nynnede, da hun gik ned ad gaden. Hun elskede New York City på denne tid af natten. Dampen, der svæver op fra kloakkerne, refleksionerne fra neonskiltene i de mørke sølvpytter, lyden af utålmodige bilister og lugten af udstødning, alt sammen gjorde byen til et magisk sted at være, når solen trak sig tilbage fra himlen. At være beruset tog heller ikke væk fra oplevelsen. Det forhøjede alt, og hun følte sig bestemt "ophøjet".

Fuck Harry! Hun lo og sprang glad og huskede den opmærksomhed, hun havde fået i aften. Ser du, Harry? Du er ikke den eneste, der kan få en anden! Da hun nærmede sig hjørnet, så hun ham stå der med et smil på læben, og hun løb hen og kastede sig i hans arme. "Hvor forsvandt du hen?"

"Jeg gik gennem bagdøren. Jeg er ikke meget af en fighter."

Hun rørte ved bulen ved hans højre tinding, og han krympede sig. "Åh, jeg er ked af det."

"Vil du stadig have den kaffe?"

Hun lagde mærke til glimtet i hans øjne og smilede. "Du mener, i din lejlighed?"

"Ja."

"Nej. Men jeg vil have en drink."

"Okay. Lad os gå."

Hun lod ham vise vejen, snublende og fnisende, mens han manøvrerede dem ned ad gader og stræder. Til sidst stoppede han i en mørk gyde, skubbede hende mod væggen og kyssede hendes hals. "Jeg håber ikke, du har noget imod en hurtig snak. Du er så smuk, at jeg bare ikke kan dy mig."

"Ingen." sagde hun forpustet. "Jeg gider ikke." Hans ru læber drev hende til vanvid, nappede hendes følsomme nakkekød og fik hende til at ryste. Da hans hænder bevægede sig ned til hendes talje og trak kanten af hendes kjole op, protesterede hun ikke. Hendes krop var sulten, sulten efter opmærksomheden fra en mand, der tydeligvis nød hendes selskab. Fuck dig, Harry. Hans fingre rev trusserne af hendes krop, og hun åbnede sine ben i forventning. "Åh ja." Hun hviskede, hendes fisse prikkede. "Fuck mig."

Ordene endte med et kvalt hyl, hendes krop spiddet på den ekstra store sysmedsaks, som han havde skubbet ind i hendes skede. Blod, tykt og varmt, dækkede hans hånd, og han holdt en pause for at snuse den, før han skubbede sin ømme pik ind i dens pulserende strømme. Hun prøvede at gribe fat i ham, men han holdt let om hendes håndled på den ene hånd, mens den anden holdt hendes hofter tæt. Snart blev hendes kampe svage, hendes øjne flagrede, og han stødte mere voldsomt ind i hende, og hendes fløjlsbløde varme blod smørede hendes kanal.

Da Carla Parker trak sit sidste åndedrag, eksploderede han ind i hende, og hans pik blev tykkere med hver puls af sperm, der sprøjtede hendes indre og blandede sig med det rige blod. Det var det bedste endnu, tænkte han og lod sin pik glide ud af hende og brugte hendes kjole til at tørre noget af blodet væk. For nu at efterlade en besked til den kvindelige detektiv: en besked, der ville fortælle hende, at han ikke var til at spøge med.

En besked for at fortælle hende, at hun var den næste.

KAPITEL IX

Pastor Perkins så ret overrasket ud, da en lille hær af New Yorks bedste dukkede op ved døren til kirken. Anholdelsen gik uden problemer, og Burton, Acosta og Stevens blev tilbage sammen med de andre betjente og gennemsøgte lokalerne for yderligere beviser.

"Clarence!" Acostas opkald bragte hende til at løbe, og hun og Stevens gik ind i salen på vej ind i ministerens lille lejlighed. Hendes partner stod på tværs af lokalet og pegede på bunden af skabet; det samme skab, som husede Perkins' sexdukke i gummi. En mørk væske strømmede støt ned under døren, strømmede i bønder hen over cementgulvet og sivede ind i et lille, faldefærdigt tæppetæppe.

Stevens nærmede sig døren, brugte sit lommetørklæde til at tage fat i et af dørhåndtagene og trak det langsomt op. Indeni, ved siden af gummioverkroppen, var torsoen af en kvinde, et syn, der fik et gisp fra alle tilstedeværende.

"Jesus Kristus! Det er Carla Parker!"

Burton rykkede tættere på med øjnene nittet til kvindens ansigt. Hendes udtryk var øde, af at opgive sit liv, og det rystede detektiven til bunds i hendes sjæl. Blikket i hendes øjne ... "Clarence. Clarence, er du okay?"

"Y-Ja." Hun gik tilbage i sin professionelle tilstand, stadig rystet. "Jeg har det fint."

Acosta rykkede op bag hende, hans stemme lav og frygtsom. "Clarice, hun ligner dig." For første gang stirrede detektiv Burton på kroppen, stirrede virkelig. Carla Parker var brunette, men alligevel var hendes hår blond. Der var lagt en paryk på hendes hoved. "Og se, på hendes bryst." Et politiskilt var sat fast gennem fedtvævet i Carla Parkers bryst. Hendes badgenummer, 5803, var blevet skrevet på en strimmel antiseptisk tape og fastgjort til den. Stevens og Acosta stirrede på hende i et langt øjeblik uden at ville kommentere.

"Det var ham."

"Hvad?" råbte Acosta.

"Det var ham. Vores englænder."

"Hvad siger du? Hvordan kunne det være ham, når vi har beviser på Perkins?"

"Jeg ved ikke, hvordan jeg skal forklare det, Stevens. Jeg ved det bare. Dette er en besked til mig."

"Hvorfor dig?"

"Han må være kommet tilbage til baren. Han må have set mig med hende og besluttet, at jeg holdt hende fra ham." Burton kunne ikke rive hendes øjne væk fra Carla Parkers tomme øjne. "Han fortæller mig, at han kommer efter mig næste gang."

"Men hvad med pastor Perkins?"

"Han er uskyldig."

Acosta bevægede sig foran hende. "Hvad laver du? Vi har det her lortehoved død for rettigheder!"

"Gør vi?"

Han så hen til Stevens, som også stirrede på hende. "Hvad fanden er det?"

"Dette er en rød sild, iscenesat til vores fordel og for at implicere Perkins. Perkins er ikke morderen." Hun vendte sig om for at forlade rummet og smed ordene over sin skulder: "Han er derude og venter på mig."

***

Han satte to kvarter ind i maskinen og smuttede avisen under armen. Hans lejlighed var kun et par gader væk, og dette var en nødvendig del af hans daglige rutine, hans måde at bevare forbindelsen til den virkelige verden på. Han tjekkede sit ur og satte farten op. Næsten klokken seks. Tid til nyhederne. Tid til at finde ud af, om den detektiv fik sin besked.

Breaking News-udsendelsen begyndte klokken 5:59, og han satte sig til rette i sin hvilestol, avisen på skødet og en øl i hånden. "Godaften. Vi starter med breaking news fra St. Peter's på Lower East Side. Pastor Henry Perkins er blevet anholdt for mordet på Tamara Williams, Julieta Friars og det seneste offer, den 38-årige receptionist Carla Parker.

Mrs. Parker havde tidligere været involveret i et slagsmål i Sin City Bar, men det lykkedes at slippe uden skade. Da politiet var gået, tog Mrs. Parker af sted på egen hånd, på trods af at hun blev tilbudt transport af politiet og blev overfaldet og myrdet på Canal Street."

Han lyttede opmærksomt til tv-stationen, vejede hvert ord og ledte efter et glimt af den tæve, detektiv Burton. Han spekulerede på, om hun ville være modig nok til at møde ham. Endelig. Hvad han havde ventet på. Den store tæve betjent kom på skærmen.

"Kan du fortælle os noget mere om denne undersøgelse?"

Kvindens øjne forlod den kvindelige reporters ansigt og vendte sig ind i kameraets linse. "Efterforskningen er ikke afsluttet. Vi har anholdt en person af interesse, men jeg tror ikke personligt på, at den person er gerningsmanden. Jeg tror, at han stadig er derude og venter på at slå til igen."

Burton stirrede ind i kameraet og ignorerede de vrede hvisken fra Stevens, som stod lige bag hende. "Jeg har din besked. Jeg venter på dig."

Reporteren vendte sig væk fra hende for at afslutte udsendelsen, og Stevens greb hende om skuldrene og drejede hende rundt. "Hvad fanden laver du?"

"Forsøger at finde morderen, John. Tid til at spille hans spil."

KAPITEL X

Clarice Burton stillede sig foran spejlet og tjekkede sin refleksion omhyggeligt. I årevis gemte hun sin kvindelighed under sin uniform, bag et emblem, der sidestillede hende med alle dem, der ville gøre hende ofre i den kvindeligheds navn. Og det var okay. Hun bevægede sig inden for afdelingens kredse, tilsyneladende uvidende om hvisken, der fulgte hende, da hun trådte ind i holdrummet, men altid smerteligt klar over, at uanset hvor meget hun prøvede, ville hun altid blive set som en rødhåret pige med store bryster.

Skridtet op til detektiv havde været en besættelse. Hun arbejdede sig af, læste og studerede, når fyrene var ude og spille poker, og det hårde arbejde gav pote. Hun måtte forlade kontorets affald og gå op til detektivernes affald. Hendes medfødte evne til at opsnuse beviser holdt hendes hoved og skuldre over mængden, og temmelig snart blev hun udpeget for sine ekstraordinære evner. Nu kunne hun kommandere sin egen måde og havde været heldig at slutte sig til Acosta som sin partner. Han var stadig en af befolkningen, der hadede tilstrømningen af kvinder til detektivrækkerne, men han holdt sin mund og gjorde sit arbejde.

Hun genkendte ikke sig selv. Denne person, der stod foran spejlet ... dette havde været den person, hun havde været for alle de år siden. Angies mor. En kvinde, der nød at være kvinde. En kvinde, der nød at blive rørt og kysset. En kvinde, der nød en mands krop ved siden af hendes, og blev en under hvisken af bomuldslagner. Bare det at se sin egen buede krop i kjolen fik hende pludselig til at savne intimiteten ved en andens berøring, og hun fandt sig selv i tvivl om, hvorfor hun egentlig gjorde dette. Ønskede hun at fange morderen eller opleve sexen?

Hallens ur kimede midnat, og hun stod fast foran brættet med hjertet hamrende i hendes ører. Hendes øjne strejfede over ansigterne og holdt pause i et par sekunder for at hylde dem ordentligt. Hun gjorde dette for dem, for hver enkelt af de stakkels sjæle, der havde mistet livet til folk som englænderen. Ved at pågribe ham ville hun give dem en vis fred og måske også sig selv. Det var tid til at gå. Giv mig styrke.

Hun låste døren, tjekkede, at hendes badge og pistol var i hendes håndtaske og gled ind i den umærkede bil, som hun havde taget med hjem. Hendes hackles rejste sig med det samme, men hun havde ikke tid til at fiske pistolen ud af sin pung. Roligt, samlet, satte hun nøglen i tændingen og sagde: "Hej, Jack."

"Hej, detektiv Burton." Han satte sig op på bagsædet, holdt pistolløbet trykket mod baghovedet og sørgede for at blive i skyggen. "Du ser dejlig ud i aften."

Hendes øjne var forbundet med hans i bakspejlet. "Jeg klædte mig sådan her til dig."

"Gjorde du virkelig?" Hans skæve stemme sendte gysninger gennem hende. "Siger du, at du vil lege med mig?"

"Ja, Jack. Jeg vil gerne lege med dig."

Han bevægede sig så tæt på, at hun kunne mærke hans varme ånde på hendes hals. "Ved du, hvad det betyder?"

Clarice mærkede en rystende start dybt i maven og kunne ikke gøre noget for at stoppe det. Hun vidste præcis, hvad hun mente, og hvis hun ikke vandt dette spil, ville resultatet være hendes død. "Ja," sagde hun sagte. "Jeg ved, hvad det betyder."

"Du kan vise sig at være mit bedste mesterværk til dato, Clarice. Sådan en modig kvinde at se døden i øjnene."

"Du vil ikke dræbe mig, Jack."

"Det vil jeg ikke?"

"Du vil hellere kneppe mig."

Hans hånd klemte pludselig ned i hendes hals og drev luften ud af hendes lunger. "Jeg kan begge dele, detektiv. Lad være med at provokere mig. Du vil måske ikke finde oplevelsen lige så spændende, hvis du gør."

Hun ville gerne svare, men havde ikke vejret til at gøre det. I stedet nikkede hun, og hans hånd gik så hurtigt, som den dukkede op, og hun gispede. "Jeg er ked af det, Jack. Det var ikke meningen at gøre dig vred. Jeg fortalte dig bare, at jeg helt og fuldt tilbød mig selv for din fornøjelse."

"Du behøver ikke at byde. Jeg tager, hvad jeg vil have."

Hendes sind forsøgte at arbejde hurtigt. Han var vred nu, noget hun ikke havde ønsket. "Jeg er ked af det, Jack."

Han sad tilbage. "Sådan kan jeg godt lide en kvinde. Underdanig. Kender du dit sted, kriminalbetjent Burton?"

"Ja." Hun svarede uden tøven. "Min plads er under dig."

Han smilede i mørket, hans pik stivnede ved hendes svar. Dette ville helt sikkert blive den bedste aften i hans liv. "Du har så ret, detektiv. Start nu bilen, så skal jeg fortælle dig, hvor du skal gå hen."

Hendes hænder rystede, kriminalbetjent Clarice Burton startede bilen, satte den i kørsel og gik ud i mørket uden at vide, om hun ville vende hjem i live.

KAPITEL XI

Hun vidste ikke, hvordan hun gjorde det, men på en eller anden måde lykkedes det hende at styre bilen og følge de anvisninger, han gav. Et par gange, da politibiler passerede, tænkte hun på at signalere dem og spekulerede på, hvad Acosta og Stevens tænkte på, om de var gået tilbage til hendes sted for at finde hende, når hun ikke dukkede op. Forhåbentlig ledte de efter hende lige nu, men hun håbede ikke på, at de ville finde hende. De anvisninger, som Jack havde givet hende, førte dem ud af byen, uden for den rækkevidde, som detektiverne ville lede efter, og på en eller anden måde vidste hun, at han var klar over det. Til sidst dirigerede han hende ind i en indkørsel og beordrede hende til at parkere bilen.

"Vi er her, dyrebare." Hans grusede stemme åndede ind i hendes øre, da hun slukkede for motoren. "Hvorfor går vi ikke indenfor, hvor det er varmere?"

"Okay." Hun rakte ud efter dørhåndtaget, men hans hånd på hendes skulder stoppede hende.

"Vent. Blindbind først. Luk øjnene."

Hun gjorde, som han bad, og rystede hårdere, da hun hørte den bagerste bildør åbne. Skiftet i bilen gjorde hende opmærksom på, at han havde forladt bagsædet, og kølig luft fejede hen over hende, da han åbnede hendes dør. Et blødt stykke stof med øjenmuslinger blev lagt på hendes ansigt, og da hun åbnede øjnene, kunne hun ikke se noget. Hans hånd dækkede hendes, og hun rystede ved følelsen af hans ru hud.

"Klar, detektiv?"

Burton stolede ikke på sin stemme, så bange var hun, at hun kun nikkede og helt opgav sin kontrol. Hun var følelsesløs; hun kunne ikke mærke noget, undtagen hvor hans hånd rørte ved hendes, og hvert skridt sendte stød gennem hendes krop, som hele tiden stødte hende ind i virkeligheden. Hun fornemmede en stigning på stien, så skridt, så en lang gang efter at have trådt ind ad hoveddøren. Deres fremadgående bevægelse blev langsommere, og hun mærkede, at hun blev manøvreret rundt om noget, og skubbede derefter forsigtigt bagud. Da hun hoppede, vidste hun, at hun sad på en seng, og hendes hjerte sprang i halsen på hende.

"Velkommen til mit hjem, detektiv."

"Tak. Må jeg tage bindet af?"

"Nej. Jeg vil have, at du holder dem på, indtil jeg beslutter mig for, hvordan i aften skal ende."

"Fair nok."

Burton forsøgte at trække vejret dybt i håb om, at det ville hjælpe med at holde hendes frygt i skak, men hun vidste, at han kunne mærke, at hun var forstenet. "Du er anderledes, end jeg troede." Han begyndte, hans hænder glattede hendes skuldre. "Jeg forventede en hård kvinde, men du er alt andet end hård."

"Hvorfor troede du, jeg ville være hård?" Hun hadede rysten i hendes stemme, men varmen fra hans hænder gennem det tynde stof i kjolen kom til hende.

Og han vidste det. "Du skal være hård for at være morddetektiv." Hans hænder bevægede sig ned ad hendes arme og rejste gåsehuden i deres kølvand. "Hvornår var sidste gang en mand rørte ved dig på denne måde?" Da hun ikke svarede, fortsatte han og bøjede sig ned ved hendes øre. "Hvornår var sidste gang en mand fortalte dig, at du var spektakulær?" Hans fingre bevægede sig ned og børstede hendes brystvorter, hvilket fik hende til at gispe. "Hvornår var sidste gang en mand gav dig et godt, hårdt kneb?"

Clarice kunne ikke tale. Hvornår har hun sidst haft det godt og hårdt? Glem fanden, hvornår var hun sidst blevet kysset? Det, at hun ikke kunne svare, var et sigende tegn. "Lang tid." Hun svarede blidt.

"En smuk kvinde som dig?" Han rykkede tættere på. "Jeg er sikker på, at der er hundredvis af mænd derude, som vil have dig, så hvorfor er du alene?"

"Jeg er politibetjent. Jeg har ikke tid ..."

"For relationer?" Han grinte. "Jeg har hørt det før. Smukke kvinder havde aldrig tid til mig, især de ludere." Hans hænder kærtegnede hendes bryster, skød dem sammen og kredsede hendes brystvorter gennem stoffet. "Tag din kjole af."

Hun begyndte at sige noget, men ændrede mening. Langsomt rejste hun sig, trak grimedelen af kjolen af og lod den falde fra hendes bryster. Hun var ved at skubbe resten af kjolen ned, da hans læber angreb hendes brystvorter, slikkede og suttede dem, indtil de rejste sig til smertefulde punkter. Clarice gispede efter vejret og elskede hvert slikk og sug, han gav hende. Det føltes så godt at blive henført, at hun glemte faren og kun tænkte på hans varme hænder på sin krop.

"Jeg vil kneppe dig, detektiv. Er du klar til at spille mit spil?"

Hendes krop rystede af hans opmærksomhed, hun skubbede sin kjole resten af vejen ned og skød sine skuldre ud. "Ja, Jack. Lad os spille.

KAPITEL XII

Burton var stadig bange. Hun stod nøgen og havde bind for øjnene og ventede på hans kommando, som kun en ivrig slave kunne. Hver nerve var på ende. Hvert hår stod. Hver fiber i hende rystede, hver en smule ventede på hans ord.

"Jeg spiller rå, detektiv. Kan du klare det?"

"Jeg kan klare meget mere, end du tror, Jack."

"Virkelig?" En tynd tone af legende vantro farvede hans ord, og hun bed tænder sammen mod den skælven af frygt, der snoede sig gennem hende. Han trak vejret med vilje mod hendes hals, varmen fik hende til at ryste. "Jeg kan komme i tanke om en masse ting at gøre ved din smukke krop."

"Jeg vil vædde på, du kan." sagde hun sagte. "Men hvorfor lader du mig ikke servicere dig?"

"Hvorfor? Det er en hores job." Hans tonefald gik fra legende til vred på få sekunder, noget der skræmte hende. "Skal jeg behandle dig som de ludere?"

"Ingen." sagde Burton hurtigt. "Jeg er ked af det, Jack." Hun sank på knæ og sænkede hagen mod brystet. "Accepter venligst min undskyldning."

"Jeg accepterer din undskyldning." Hun mærkede hans støvle på ryggen og skubbede hende fremad på hendes bryst. "Men hvis det sker igen, slår jeg dig ihjel. Forstår du det?"

"Ja, Jack."

"Godt. Jeg hader kvinder, der tror, de kan overskue mig. Det kan ikke lade sig gøre."

"Ja, Jack."

"Slik min støvle." Clarice lænede sig ned, velvidende at hans fod var under hendes ansigt og stak hendes tunge ud og smagte en kombination af snavs og salt fra vejen. Smagen var forfærdelig, men hun prøvede ikke at vise det, fordi hun var sikker på, at han kiggede. "Godt. Stå nu op."

Hun stod langsomt, hendes krop rystede stadig. Selv da hans hænder kom rundt om hendes krop og målrettede mod hendes tunge bryster, vidste hun, at hans blide berøring var løgn. Det fornøjelige kærtegn forvandlede sig til en litani af smerte, der blev ramt af hendes skrig. Hans fingre klemte hendes ømme brystkød så hårdt, at hun vidste, at hun næsten med det samme ville få blå mærker. Hun bekæmpede trangen til at bekæmpe ham; hun vidste, at det var det, han ville. Så ville torturen blive værre. Hans fingre fandt nye mål, og Burton besvimede næsten af smerten over at få hendes brystvorter snoet.

Med det samme stoppede han og lod sin varme ånde fosse hen over hendes hals. "Du er ret sej, detektiv." Hun talte ikke, fordi hun prøvede så meget på ikke at græde, men hun vidste, at han vidste det alligevel. Han greb hendes hånd og førte hende ned ad en lang gang, og hjalp hende derefter ned ad et sæt trin. "Lad os se, hvordan du kan lide det her."

I det øjeblik hun mærkede det glatte læderbånd på sit håndled, vidste hun, at hun var i problemer. Hun prøvede at kæmpe, men han var meget stærkere, tvang hende ind i rammen, fastspændte først det ene håndled, så det andet. Hun forsøgte at sparke ham, men han fangede hendes ben og vred det nemt ind i en læderklemme, så den anden ankel også passede ind i den ene. Nu var hun fuldstændig prisgivet hans nåde.

"Du var sådan en god pige, detektiv. Det er ærgerligt, at du skal straffes."

"Ingen!" Burton vred med armene og prøvede at finde noget køb i læderet og fandt ingen. Stellet bevægede sig og vendte sig og vendte hende, så hun hang fremad, og et bravt snap bag hende brød ind i hendes værste frygt.

"Ja!"

Pisken fangede midten af hendes ryg, og hun gispede af den skærende smerte, der løb gennem hendes krop. Vippen faldt igen og igen, hver gang fik hende til at skrige, men det kom ud som en klynken. Ti piskeslag senere var hun en hulkende masse kød, hun rykkede i hænderne og forsøgte stadig at komme løs.

"Slip mig, dit lort!"

"Åh, hvad er der galt, detektiv? Du ville gerne spille, og nu kan du ikke lide reglerne?" Rammen vippede igen, sænkede hende et par centimeter, og hun vidste, hvad der var det næste. "Jamen, hvorfor starter vi ikke festen?" Hun mærkede hans fingre ved hendes tørre fisse. "Gør dig klar, detektiv. Jeg er ved at rive dig op."

Burton mærkede hans stød og hørte hans ordløse skrig. Hans hænder forlod hendes krop, og han trak sig ud af hendes fisse og tog buret med sig. Stadig med bind for øjnene kunne hun kun forestille sig, hvad scenen ville være: blod løb rødt ned ad hans ben, mens det boblede fra to huller i hans pikhoved, to huller, der var blevet boret ind i hans kød af to sølvstænger, der var fastgjort til et sølvbur. der passede ind i hendes fisse. Modhagerne ved bunden ville sikre, at han ville bløde voldsomt, hvis han forsøgte at fjerne den.

"Din kælling!" Han skreg fra et sted bag hende. "Hvad fanden gjorde du ved mig?" Hun rykkede i sine arme og ben og fandt stadig ingen frigivelse. "Din kælling! Du ..." Pludselig stilhed blev kun brudt af en klynken, og hun hørte buret ramme gulvet, hurtigt efterfulgt af lyden af hans krop, der bragede ved siden af det.

Kriminalbetjent Clarice Burton hang fra rammen, stadig hulkende, ikke af frygt, men af lettelse. Det var forbi. Nu skulle hun kun vente på, at fyret skulle bringe hjælp. Acosta og Stevens ville snart bryde ind. Hun skulle kun lide kontorvittighederne om at blive fundet nøgen. Det hele var forbi nu.

KAPITEL XII

"Clarice! Clarice!"

Hun hørte Stevens stemme, men hun var for følelsesløs til at bevæge sig. Hendes arme føltes som bly, og hun var svimmel af blodet, der pølede sig i hendes hoved. Læderbøjlerne faldt væk, én efter én, og hun blev hjulpet på benene, men fandt ud af, at hun ikke kunne stå. Stærke arme bar hende til et sted, hvor hun blev lagt ned og dækket af noget. Et par minutter senere blev bind for øjnene fjernet, sugekopperne, der kom væk, fyldt med en blanding af hendes sved og tårer.

Hun blinkede mod det stærke lys og reagerede som en, der havde stirret ind i en blitzpære og et øjeblik blev blændet. Nogen tørrede en kold klud hen over hendes øjne, rensede affaldet væk, og hun løftede en hånd for at gnide dem, mens hun stadig blinkede rasende. Et par minutter mere og hendes syn var klaret tilstrækkeligt, så Johns ansigt kom i fokus, hans udtryk var uvurderligt.

"John, er det frygt jeg ser?"

"Er du okay?"

"Ja, jeg har det fint. Hvor er Acosta?"

Stevens slugte, hans øjne bevægede sig til et sted på gulvet. "Han er derovre."

Ordene sank ikke ind, før hun så liget, så forplumrede vantro hendes sind. Hendes partner, hendes nærmeste kollega, lå på gulvet, en blodpøl spredte sig som et tæppe under ham. Buret lå få centimeter fra hans hånd, dets pigge med modhager trådt med geléagtigt kød. "Tony?"

Kriminalbetjent Stevens lagde sine hænder på Burtons skuldre med lav stemme, da flere betjente strømmede ind i lokalet. "Det var Acosta, Clarence. Han var Jack."

"Det kunne han ikke have været. Hvordan ..."

"Jeg fik et opkald tidligere i dag fra en Dr. Jonathan Herbert. Han sagde, at han havde behandlet Acosta i de sidste ti år, og at Jack var en af hans manifesterede personligheder."

"Hvorfor kontaktede han os ikke før nu?"

"Tilsyneladende var han i Baltimore til et stævne. Han vendte ikke tilbage før i morges og indhentede sin læsning. Det var da han opdagede, at det var Acosta."

En skælven startede dybt inde i Burton, som hun ikke kunne stoppe, og hun brød sammen i gråd i Stevens' arme. Hun var kommet tæt på døden. Det var ikke det, der skræmte hende mest. Det var, at hele denne tid havde Acosta været så tæt på hende.

"Tag mig herfra, John. Please. Tag mig hjem."

***

De næste par dage var fyldt med mere aktivitet, end Burton kunne klare. Alle medier ønskede at tale med den hårde detektiv, der havde fanget 'Jack the Ripper'-morderen, men hun ville ikke have noget med det at gøre. Hun trak sig tilbage til sit hus, brugte tid foran korkpladevæggen af billeder og græd ukontrolleret. Hun havde næsten svigtet dem. Hun havde været så fordybet i sit job, i sin søgen efter denne morder, at hun glemte at leve. Var det det, Angie ville have ønsket for sin mor, at afskære sig selv fra civilisationen?

Fire dage efter drabet blev hun beordret til kommissærens kontor for at give en fuldstændig briefing og kom ud af oplevelsen og følte sig drænet. Politimesteren rådede hende til at tage et par dages ferie for at samle sine tanker, og hun accepterede, stadig for følelsesmæssigt rå fra briefingen til at protestere. Da hun gik forbi kriminalbetjentens kontor, holdt hun en pause for at kigge ind og så, hvad hun så længtes efter at være en del af. Stevens, Andreotti og et par andre fyre sad sammen omkring et skrivebord og spøgte og grinede sammen.

Hun kunne ikke stoppe sig selv. Hun skubbede døren op, trådte ind i det åbne rum, og alle øjne vendte sig mod hende. Burton slugte og fortalte sig selv, at hun bare ville tjekke sin telefon for beskeder og gå lige så stille. Alle iagttog hende, mens hun gik forbi, haltende let fra de helende piskesår, og tavst observerede hendes tavse styrke. Det første klap frøs hende fast, og hun vendte sig om for at se Stevens stå og klappe for hende. Andreotti og de andre sluttede sig til, og i løbet af få øjeblikke stod hver detektiv og klappede for detektiv Clarice Burtons mod.

Hun gik hen til sit skrivebord og tjekkede sine beskeder og tørrede rasende tårerne væk, mens hun skrev information ned. Da hun lagde telefonen på, lagde hun mærke til en lille pakke i hjørnet og pakkede den langsomt ud. Indeni var vaginalburet i sølv, dets spidser intakte, bortset fra at de gennemborede en legetøjsmodel af Jack the Ripper. En lille note vedhæftet i bunden lyder: Velkommen til junglen. Af en eller anden mærkelig grund fik ordene hende tårer i øjnene, og hun forstod, hvad hendes kolleger sagde. Hun var altid en af dem, og hun var speciel for holdet på en måde, de ikke var. Deres maskulinitet kunne ikke lade dem indrømme deres kærlighed til hende, men de lod hende vide, at hun var elsket.

Kriminalbetjent Burton pudsede hendes næse, rettede på sit skrivebord og gik ud, lettet over at bemærke, at detektivværelset igen var normalt, folk besvarede opkald, udfyldte papirer og talte om sager. Hun stoppede ved skrivebordet, hvor fyrene var. "Du skylder mig frokost."

"Hvad?" sagde Andreotti og kiggede på sine meddetektiver.

"Jeg kender øvelsen. Løs en sag, besætningen køber frokost til dig, ikke?"

Stevens lo. "Yeah, det er rigtigt."

"Godt. Hver af jer skylder mig frokost."

Burton gik ud af værelset med et smil på læben og en ild i hendes hjerte. Jeg lever, Angie. Jeg vil leve.

ENDE

www.ingramcontent.com/pod-product-compliance
Lightning Source LLC
LaVergne TN
LVHW101954220826
846093LV00006B/214

* 9 7 9 8 2 1 5 5 8 0 4 9 3 *